CB140451

Eu protegi
teu nome
por amor em um
codinome
beija-flor.
Cazuza

© Alicia Maria, 2018
© Quixote+Do Editoras Associadas, 2018

Autor:
Alicia Maria

Revisão:
Ana Ribeiro Barbosa
Lyslei Nascimento

Projeto Gráfico:
Silvana Menezes

Editoração:
João Júlio Menezes

Ilustração:
Marcos Venuto

Editores
Alencar Perdigão
Cláudia Masini
Luciana Tanure
Thásia de Medeiros

Quixote+Do Editoras Associadas
www.quixote-do.com.br
editora@quixote-do.com.br
(31) 3227-30-77

Catalogação na Publicação (CIP)

Maria, Alicia
M332 O relicário / Alicia Maria ; ilustrações Marcos Venuto. - Belo Horizonte : Quixote+Do Editoras Associadas, 2018. 99 p.: il. color.

ISBN: 978-85-66256-25-3

1. Poesia brasileira. I. Venuto, Marcos. II. Título.

CDD: B869.15

Bibliotecária responsável: Fernanda Gomes de Souza CRB-6/2472

ilustrado por

Marco Venuto

Quixote + Do
EDITORAS ASSOCIADAS

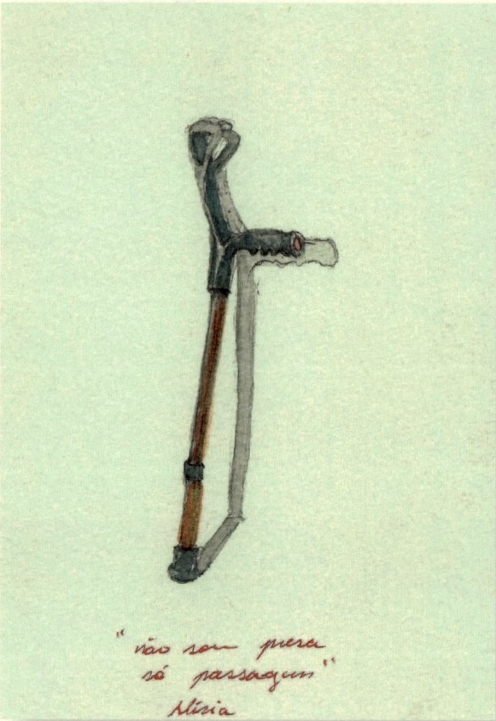
"não sou pesa
só passagem"
Alízia

Para minha mamãe
e meu papai.

Epígrafe

O que era estar inteiramente pronto para amá-la.
Pois julgar que uma criatura participa de uma
existência desconhecida em que seu amor
nos faria penetrar é, de tudo o que exige o amor
para nascer, aquilo a que
ele mais se prende e o que o faz
desdenhar do resto.

Marcel Proust
Em busca do tempo perdido
No caminho de Swann

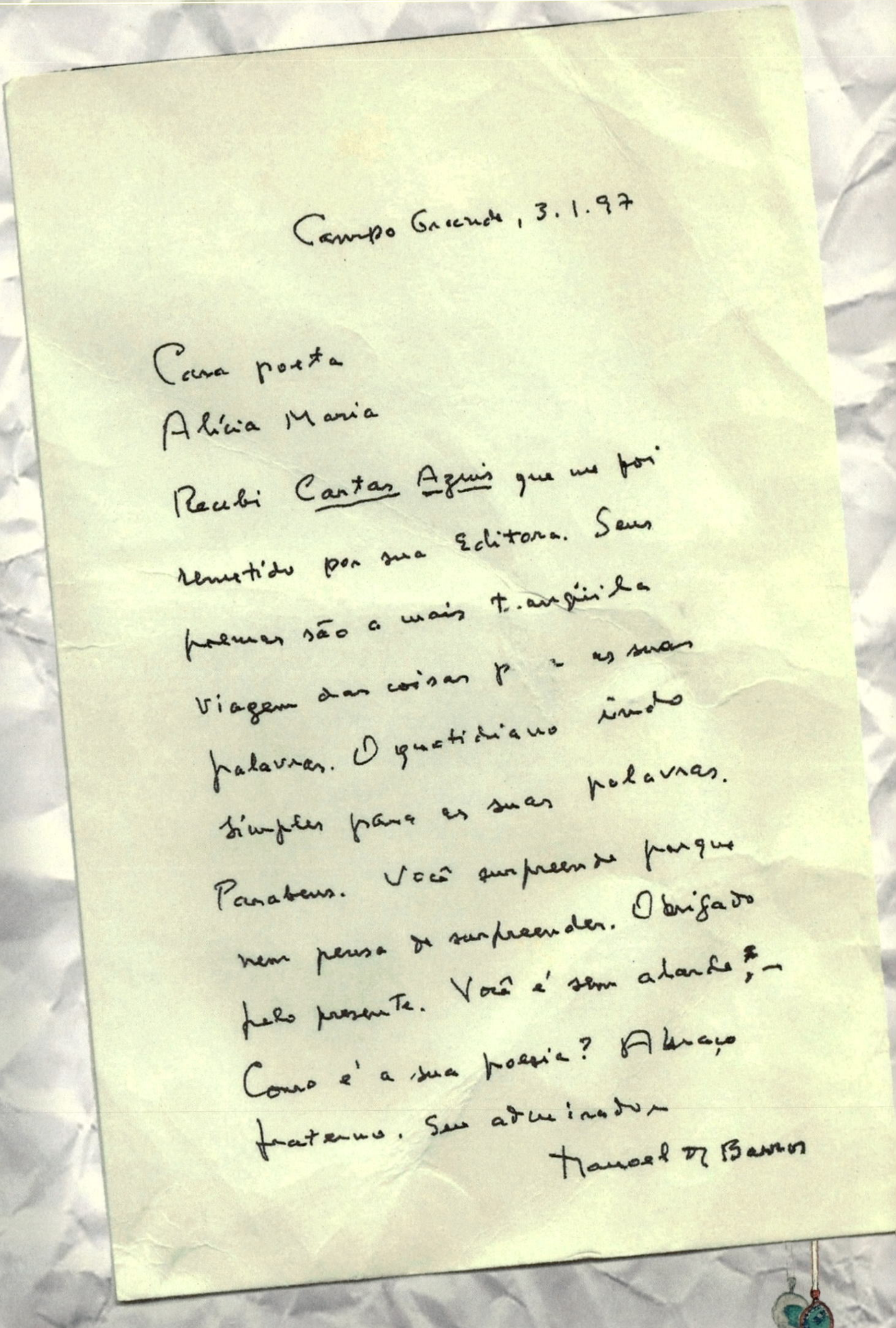

Campo Grande, 3.1.97

Cara poeta
Alícia Maria

Recebi *Cartas Azuis* que me foi
remetido por sua Editora. Seus
poemas são a mais tranqüila
viagem das coisas p/ as suas
palavras. O quotidiano ainda
simples para as suas palavras.
Parabens. Você surpreende porque
nem pensa de surpreender. Obrigado
pelo presente. Você é sem alarde,
Como é a sua poesia? Abraço
fraterno. Seu admirador

Manoel de Barros

Campo Grande, 03.01.1997

Cara poeta
Alicia Maria

Recebi *Cartas Azuis* que me foi remetido por sua Editora. Seus poemas são a mais tranquila viagem das coisas pelas suas palavras. O quotidiano indo simples para as suas palavras. Parabéns. Você surpreende porque nem pensa de surpreender. Obrigado pelo presente. Você é sem alarde como é a sua poesia? Abraço fraterno. Seu admirador

Manoel de Barros

SELO
"... o mar engolia"
Alícia

O oceano e a saudade

I

A calmaria
estranha palavra
para dizer
naquela hora...
...o mar engolia mais uma vez
o sol
Por que esperar
o seu levante na manhã seguinte ?

O farol
o albatroz e a sereia
Por que duas naturezas tão distintas
se aproximaram e se abraçaram
como asas opostas de uma concha ?

A ilha
de pura areia e pedras e rochedos
Por que partes da mesma coisa
separaram-se de todas as formas
à revelia do tempo e do vento?

II

Coisas de Deus
respondidas
em seus mistérios

Assim, na presença
desse vestígio
nosso amor se escrevia...
...aproxima seus olhos
ao espelho d´água
e ao entardecer encontrará...

As estrelas do céu
dormindo abraçadas
às estrelas do mar

Feliz 2007 meu amor!

O escaravelho e a rosa

I

O tempo trouxe
a chuva e a curva
desse tempo
fez um pranto
que se fez rio

Onde o escaravelho
deitou suas asas
recolheu seu coração
e plantou seu
amor pela rosa
em um pequeno lodo
que se transformou
em uma vitória-régia

Foi um amor de meia
estação, dizem
Mas foi amor verdadeiro
A morte precoce só o tornou
eterno e invisível

II

Dizem
a rosa desceu
delicadamente suas pétalas
entornou seu cálice
e fértil
sobreviveu ao
tempo das águas

Partiu assim
com o rio
de quase janeiro
com o fruto
desse amor vivo
e selvagem

Na véspera da primavera

21.09.2006

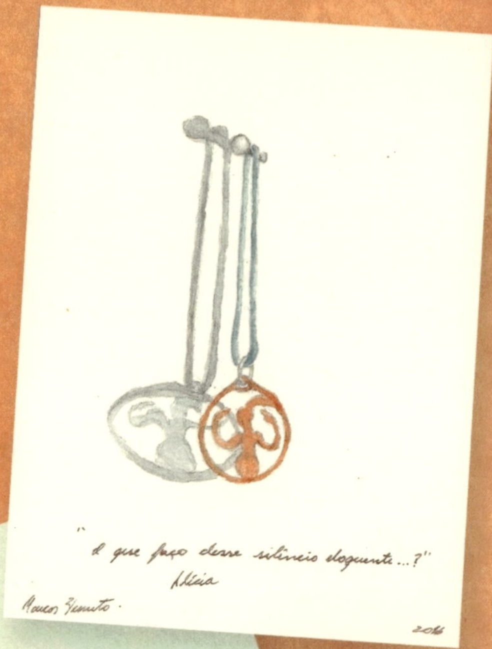
"O que faço desse silêncio eloquente...?"
Nicia
Marcos Venuto.
2016

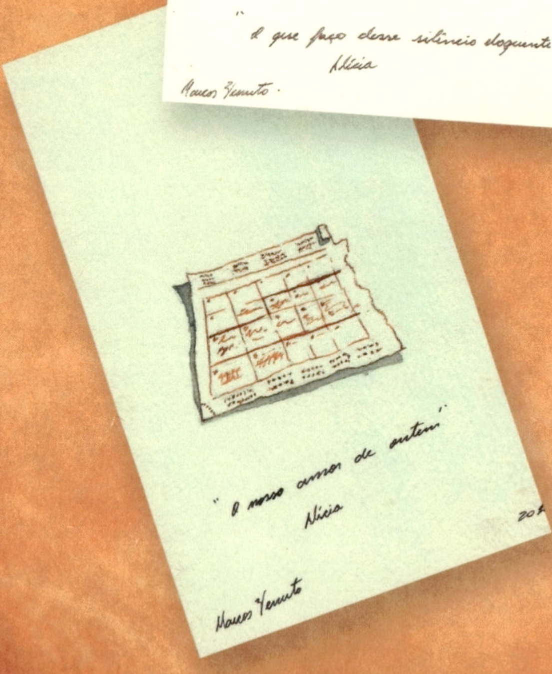
"O nosso amor de ontem"
Nicia
20
Marcos Venuto

Olhos de gazela

I

Um fardo se liberta
no aconchego da mortalha
o último acalento

O abraço da vida

Meu mundo de luz, meu bem,
em um cachepot
de carvalho?

O que faço desse silêncio eloquente
nessa distância demasiada
Vou-me embora pra Pasárgada?

Lá, sereia
das mãos
escorrem areias

Da Clarice

Perto do coração
selvagem...
o nosso amor de ontem
....aquela felicidade
clandestina
e nossos olhos
como uma legião estrangeira...
a saborear
a hora da estrela

09.09.2006

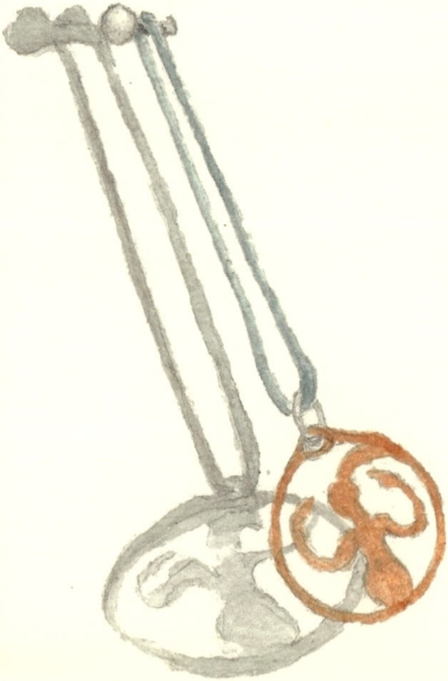

As asas da liberdade

Desencontro
apareço assim
do lado de dentro
de um coração
cativo

Pernoite e penumbra
quando a neblina
baixa o sol que racha

Num estalar de dedos
escada abaixo,
água abaixo

E isso dói muito

Essa presença
Ausente em mim

(sem data)

Uma casa comum quase

Estou dentro desta aqui
são três quartos, a
cozinha um banheiro
área de serviço

Área minuciosamente
desertada
no silêncio
dos passos
aos movimentos corriqueiros!

O som da vida
é tudo que ouço
se há algo externo a mim...
só o barulho da geladeira

Por que?
Traiçoeiro!

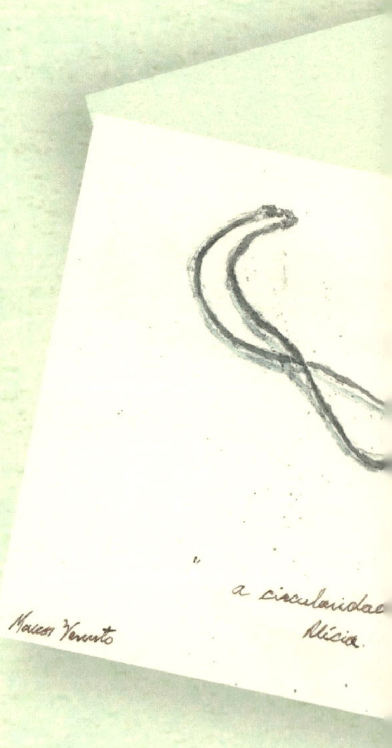

A comodidade da
passagem dos ponteiros
do relógio!

A circularidade
do espaço
do eu e do meu passo
entre os quadros
essa natureza
morta que chora!

Engrenagens?
Não!
É um freio
estou aprendendo a usá-lo

Não sou presa só
passagem, debato
como peixe fora
d´água

"Entre os quadros
essa natureza morta
que chora!"
Alícia
2016
Marcos Venuto

26.05.2011

Eu perdi quase toda a corola... uma a uma
deitadas no tempo... olhei ao redor e
aos meus pés estava uma anágua amarrotada
de tafetá rosa chá... quem serei amanhã
depois desse despojamento que
a vida me obrigou a viver?

La Plata

Um rio eterno
esse imenso continente
à sua espera

A primavera chegou
as flores estão todas
onde não posso
colher seu sorriso

Saudade não é sequer
uma palavra nem mesmo
um sentimento
é somente isso tudo
que plantou
é somente
isso tudo
a incompletude
em qualquer lugar

Montevidéu, 22.09.2011

SELO
BRASIL
CORREIO
2016

O Buriti do tempo

I

A tarde teria sido
perfeita
se não fosse a queda
da última asa
do buriti

Estive vigiando
lá há dias
rezei pra Nossa Senhora

Mas o passado havia
feito seu trabalho

Demolição naquilo
que a natureza
envergara com
todo esforço

II

Assim são entalhadas
as histórias pelo nosso Senhor
o tempo

O tempo é uma traça

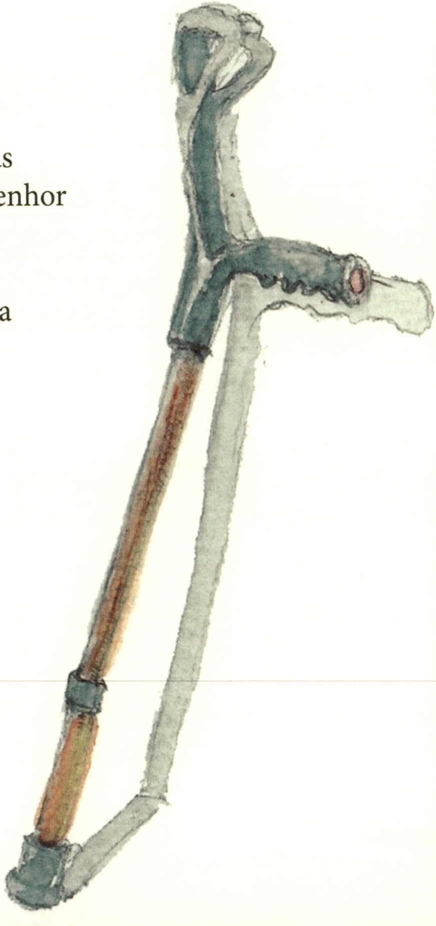

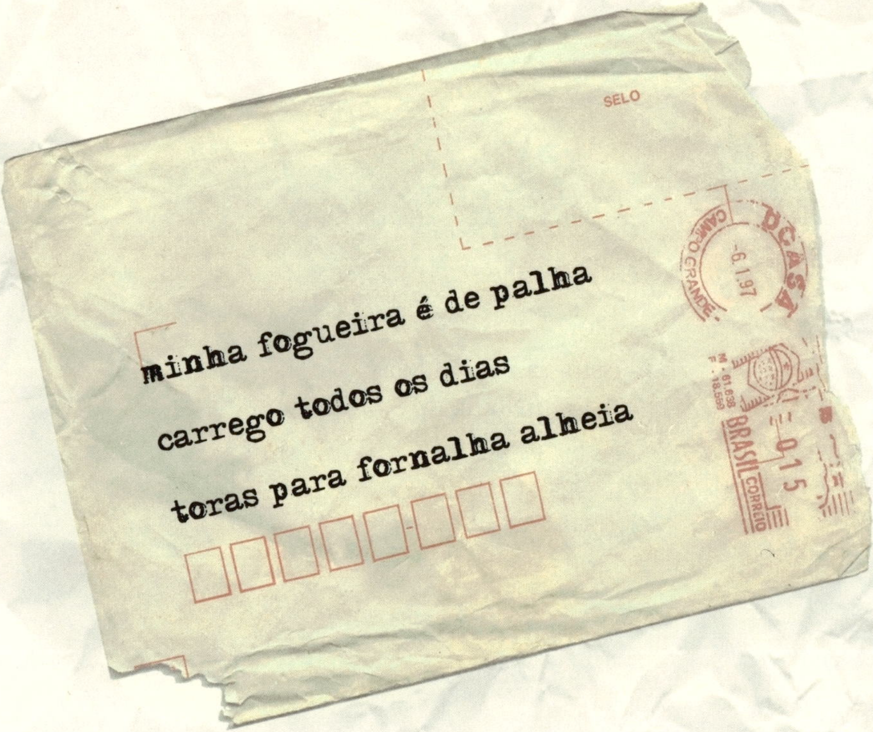

minha fogueira é de palha
carrego todos os dias
toras para fornalha alheia

O olho silencioso
do Kilimanjaro

Enquanto a natureza
fez do caos sua rotina

Moleques trocam suas vidrilhas
por pedras de crack

02.II.2000

I

Ela me dobrou
como um travesseiro
velho de marcelas

O cheiro do campo
encobria meu estado
havia perdido
o caminho de volta

Debrucei sobre o céu
e pálido de espanto*
procurei as estrelas

Escutei-as

E atravessei
esse rio
na pinguela

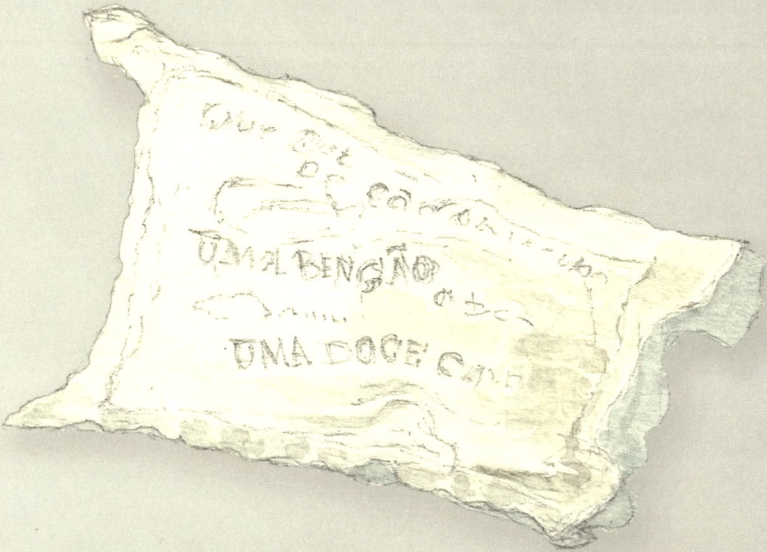

II

Fui atrás da única
coisa que ainda
não havia perdido

A vida
meu amor

Novembro de 2008
*** Olavo Bilac, em Via Lactea**

O silêncio
parece uma
tormenta de abelhas
colmeias essa angústia
em você

Janeiro de 2012

Não sou construtora
de represas
muito menos sou um rio

vivo no barranco
a esperar

o que o rio
me traz

o que o rio...

Maio de 2008

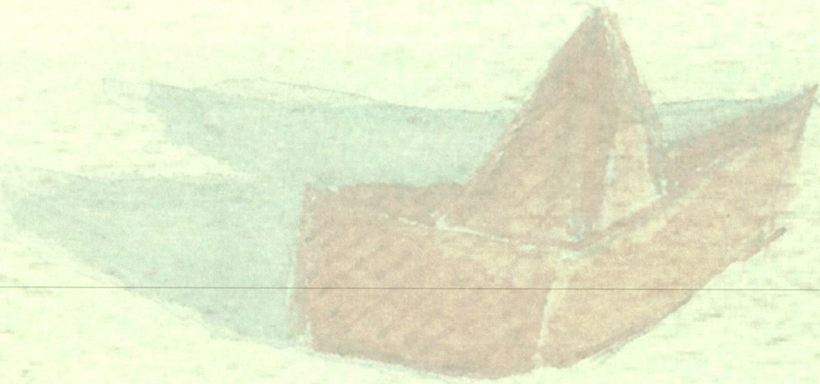

CAMPO GRANDE
-6.1.97
BRASIL
CORREIO
015
The Me
Muse
of A
"viver...
de venezianas"
2016

Passagem de Mariana

Ininterrupto
estranhamento

fechar as portas...
fechar as janelas...

viver....
de venezianas

Nao adianta apagar, até o fogo deixa rastros

I

A fogueira já havia
queimado e
sua luz
encoberta
pela manta delicada
de suas próprias cinzas

Ainda crepitava-se
no silêncio
daquela manhã
o balbucio
de nós, amantes

O sol vinha ofuscar
com o clamor
de suas labaredas
distantes
a sua réplica
entre nós duas

II

O orvalho era assim
tocado e disperso

Mas
o calor das
brasas da noite
Meu amor...
que aquecera nossos campos
corações

Seu rufar e murmúrio

Esse amor

O sol nunca mais
deixou de alimentá-los

11.04.2009

PARIS
"Nenhuma notícia
Nenhuma presença"
Alícia
2016

Au revoir ao revés

Já estive
aqui sozinha
reconheço esse lugar

onde
as palavras
sumiram e as portas
fecharam

nenhuma notícia
nenhuma presença

Isso é perturbador
túmulo
experiência da morte
acompanhada do desmerecimento

Um nascimento às avessas
é ser deixada para trás

Outubro de 2011

Boa Viagem

I

Ontem à noite
encontrei
no meio da mata
seus passos
pequenos
de gazela

O barulho das folhagens
faziam dançar
suavemente
as árvores

Lá onde
não havia nenhum
rastro, uma vida

O vento sussurrou
seu nome

II

E eu
caçadora faminta tornei-me
assim, somente uma
amante
a fitá-la

E meu desjejum
apenas
essa fome de viver
perto de você

12.05.2006

descubra a manta
UMA DOCE
"Acabou
De começar"
2016

I

Abaixo da cortina
de fumaça
você
vai achar a saída
até a porta
de fogo

Atravessa
deixa pra
trás isso
que aqueceu
nossas noites
brancas

Desce a escada
e quando
chegar ao chão
verás
os passarinhos

E lembre-se
o seu mundo
cheio de estrelas,
acabou, acabou
de começar

Lavoura

I

Ela saía
todo dia
preparava o canteiro

Escolhia
as sementes e
as despejava
carinhosamente
no leito úmido da terra

Esperava o tempo
fazer seu trabalho

A harmonia dos ingredientes

Vestia-se de espantalho
nessa busca incessante...

II

Manter o cultivo
longe
de pragas e predadores

Única e solitária
aguardava
o tempo da colheita

Rezava
vivia em romarias

Sobressaltada

Pelo vento forte
a chuva e a enxurrada
o sol impiedoso
as formigas, tantas

III

Na contra-mão
o destino
levara o fruto
de seu trabalho

Lutara contra a
corrente até que um dia,
deixou

Deitou a enxada
a terra e a
casa

O amor escapando pelos
dedos...

Areias
amores movediços

O céu nos espera

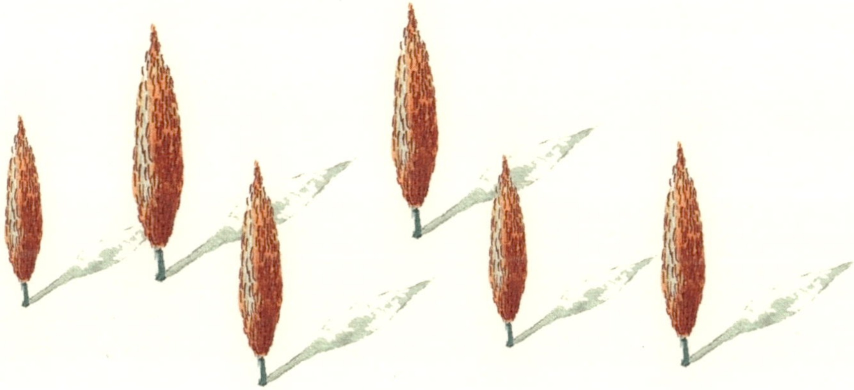

Véu de Noiva

Pirilampos envolvem minha
cabeça como nuvem em um lustre

Ou mesmo a fumaça
da Via Láctea

Estou atordoada
e nessa sombra

Aprendo
aquilo que quebrou

Não conserte?

O gelo
do norte
minha esquife
Paraty ao vento
sobreviver ao silêncio
a clausura forjada

Pelo carrasco
preferido
o lobo em pele de cordeiro
soçobro, mas...
não te entrego

Somente as mãos de Deus

Meu amor

(sem data)

A ilha
em seus mil
arquipélagos

Pas de Deux
O albatroz e a sereia

As ostras ruminam
pérolas

E essas, amor
nunca serão dadas
aos porcos

Os passarinhos delicados
nascidos com tanto esforço
e tão desamparados

Vão em vão
bravura da vida

O milagre

Suas mães os nutrem
e mesmo com todo
cuidado e proteção

Acidentes, talvez
fracassos

Na solidão de
sua liberdade, o sortilégio...
seu fado

"Aquela casa que havia abrigado..."

Ela saiu do casulo

Aquela casa
que havia abrigado
sua metamorfose

Ficou assim,
vazia e inútil
guardada a sete chaves
longe de sua vida

06.09.2015

Ir é sempre
deixar
deixar as portas
trancadas
partir

Partidas em
pedaços
em partes
de nenhum lugar

Esperar

A próxima página onde
ela não está mais e não
desaparecerá?

Desesperar

Navego todos os dias

Meu patíbulo,
meu amor, é
quase
um ofício

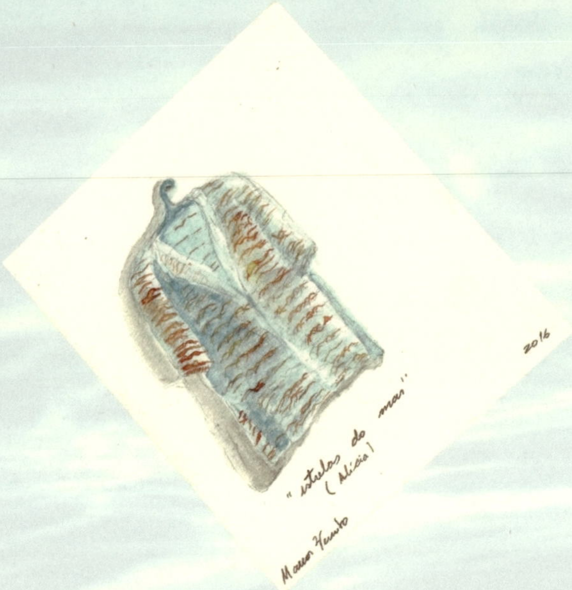

Na Praia do Morro
um céu de
brigadeiro
estrelas do mar
conchinhas delicadas
jogadas
pelo mar de Búzios,
nessa
nossa
longa viagem

Nadava no MTC
as braçadas
eram somente
tentativas de me tirar
do lugar

Somente na
piscina encontrava
um artifício
às lágrimas

Meu segredo
parecia assim
encoberto
em mil metros
nado livre

I Amsterdam

Nesses lugares
inusitados, amor
eu lhe encontrava

o mundo se
tornou assim:

meus barquinhos
de papel

nunca deixaram

de chegar
até você
em
choradas

Paris-Bruxelas

O silêncio e a mudez
palavras apenas

As luzes apagadas
semblante da escuridão

Nosso amor é
a liberdade de
seu sorriso
trocado em um trem...

Um trem
Paris-Bruxelas

(sem data)

(sem título)

Romeu e Julieta
O Morro dos Ventos Uivantes
Desejo e Reparação
O Vento Levou
As Time Goes By
Tarde Demais
Para Te Esquecer

(sem data)

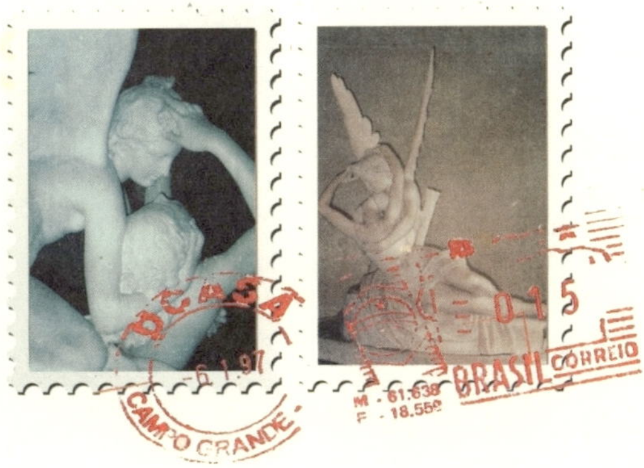

Sou essa mariposa
que balouça
leves asas nesse vidro
de sua redoma

o que posso
somente olhar
para onde você
olha (essa paisagem
nos disfarça)
assim esses olhos
que não posso
olhar

ponto de cegueira
no qual me guia
em seu
mistério
de menina

"esperava o tempo pagar seu trabalho"
(Alicia)
2016

A bordadeira

A costura
a linha saiu
do carrossel

Suas mãos inclinadas
a agulha
pontilhava
o tecido

Deixava, assim
seu rastro

Em cada estocada
um bordado
no meu corpo
confortável
isso não lhe
deixava marcas
Somente um trabalho

As flores do campo irão
tomar seu caminho

Seu tropismo
natural para o sol

Após uma chuvarada
suas pétalas se dobrarão
como uma sombrinha
chinesa em dia de temporal

A vida toma seu rumo
um bocado de sensibilidade
e estarás dormindo

Sob a sentinela
do sol e da lua

Debaixo de um
cobertor de estrelas

Estrofe de um poema
inacabado e interrompido
por uma chuva de meteoros do
livro
a estrela do oriente

Noite aberta
manto ainda claro
de estrelas

Vestígio somente
cadentes
o amor se foi
para nunca mais

Era tão bom
aguardar
e fitar
enquanto meu coração
era só
firmamento

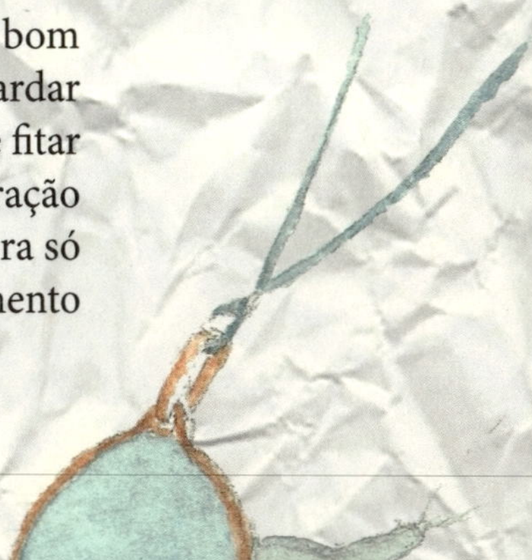

SELO
CAMPO GRANDE
-6.1.97
BRASIL
CORREIO
0,15
"Anéis de saturno"
Alícia
2016

Noite.
O olhar de pantera.
Parecem estrelas
e são só fogueiras
na imensidão.
Talvez...

"onde as palavras sumiram"
(Alícia)

O silêncio dos inocentes

Nessa noite
estrelada
De Vincent
escutamos
a lambida
dos ventos
no campo
de girassóis

Nosso encontro
no quarto
de um hotel
com o silêncio

O Silêncio
dos Inocentes,
esse estonteante
torpor

Das alianças trocadas
em Amsterdam

Titanic

Tremo de frio
cama cheia
de travesseiros

Seu sorriso
acaricia e ampara

Nessa luta
o arrasto
de um Titanic

Ainda não vivo
sobrevivo
mesmo de volta
aos olhos d'água

Orvalho

Melhor.
Para a gente
quanto
ao que
está debaixo
das palavras
e
ficará como um
campo de flores
coberto pela
neve esperando
a primavera
para pipocar
seu rejuvenescimento.

Assim prefiro
exprimir.

03.04.2009
28.06.2014

IIOO

Alameda
Morro
dos ventos uivantes

Nossos sonhos
quimeras?

Nossas vidas
embaladas
pela dança macabra
dos uivos
dessa matilha

Entre frestas
vãos
entre ir
mãos
intrigas e canastras
enquanto isso
o nosso amor avança onde os cachorros ladram
e a caravana passa

I

As ondas vinham
até
arrebentação
jeito estranho
de tocar
as pedras

Nesse turbilhão
as ostras
se fortaleciam
quanto
mais as açoitavam mais
se apertavam
na ruminação
surpreendentemente
sós

II

Só devolviam
aquele carinho
de várias
marés
abrindo-se em
pérolas para
esse tipo de
amor, Giginha!

A verdadeira beleza é como Roma,
sua marca se faz em ruína.
O envelhecimento é como Roma,
espero chegar a isso como minha
mãe e deixar assim como ela
e o amor
uma estrada de ruínas para trás

31.05.2014
28.05.2014

O caracol e a cebola

Eu e você
o suor é esse
movimento
de desvestir

Como um cozinheiro
que por camadas
caminho até o
núcleo e quando
chego lá
cruel e exato,
ela não está mais lá

só seu cheiro
eloquente
deseja nossa intimidade

A janela
estava aberta
o parapeito
recebia a visita
matutina
de um passarinho

Era um
convite para
uma partida

As asas
da janela
se transformaram
nas asas daquele passarinho

O amor assim
encontrado
transformou-se
em liberdade

Estocolmo

Jangada
desço rio
escondo meu susto
guardo a verdade
com sete
chaves
me apaixonei
pelo meu algoz

27.07.2006

Los Angeles

Depois de descoberta
essa terra
esse país
na hora do embarque
suas unhas rasgaram
minhas costas
como freeways
vermelhas
encravadas nesse corpo
que cai

A saudade era sua voz em eco
numa noite
de tão longe
tão perto

Nossos sonhos
pesadelos
na cidade dos anjos
né, amor

"não havia nenhum rastro
uma vida"
(Alícia)
2016

Uma Vila da Serra

Nossa vida
um castelo de cartas

Nesse silêncio
somente algazarras
das más
notícias.

No século XXI
meu carteiro
um itinerante
de trapaças

Em seu cativeiro
nessa vila
na serra
do Caparaó

Vivemos a dor
fantasma
do anular
os anéis
de nosso casamento

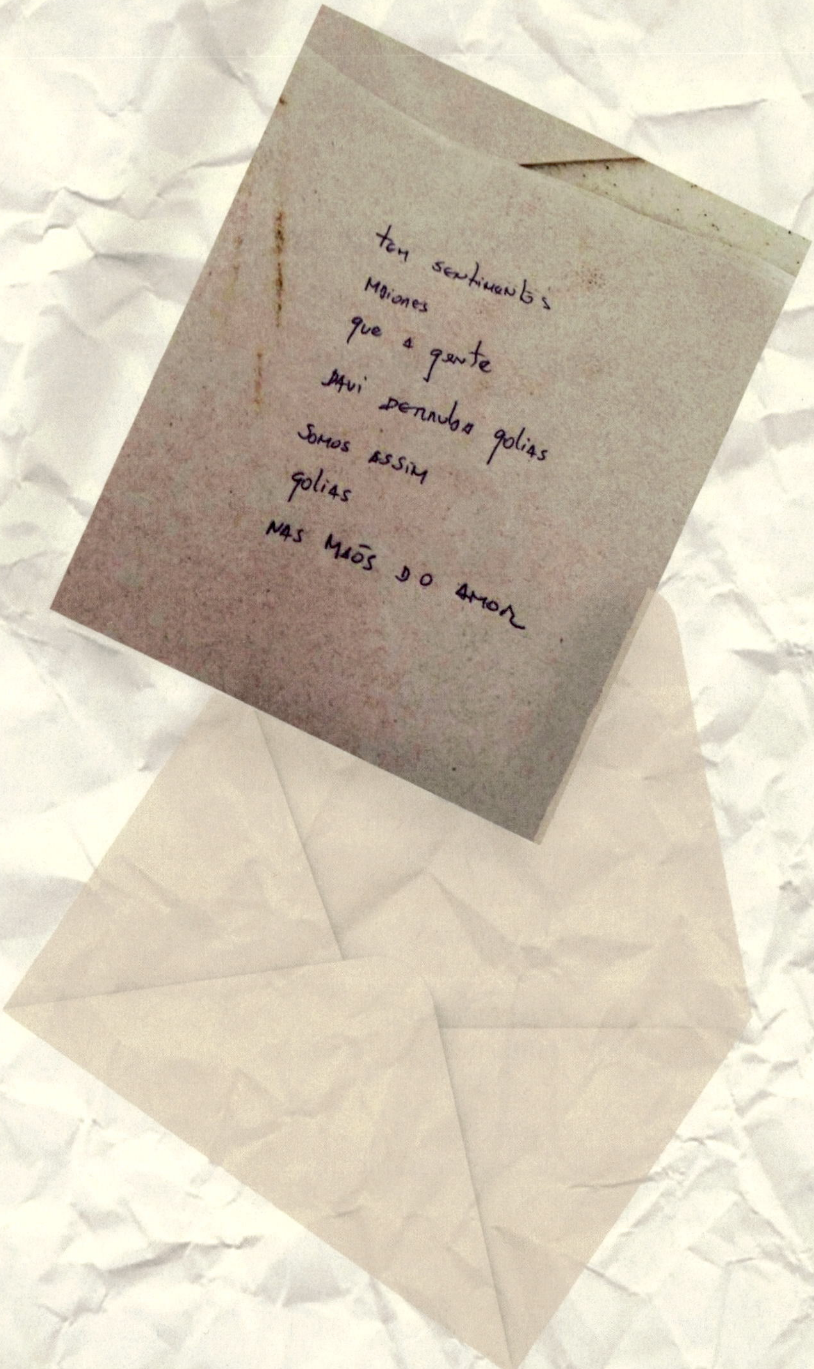

tem sentimentos
maiores
que a gente
Davi derruba golias
somos assim
golias
nas mãos do amor

Orem

Ah! Noites
noites e dúvidas
longas, esse lugar

Os rios não cantam
nem escuto
o sussurro das folhas
nem
o rumor das asas

A primavera acontece
somente no mercado
das flores

E os dias
só serão lindos
no inverno

Asas da Liberdade II

Pegadas de coiotes
janelas sem dobradiças
nunca articulam
a moldura e suas asas

Tardes outonais
noturnos de Chopin
o tempo da morte
que me acolhe

Quedas e cascatas
cariocas
ervas daninhas
no itinerário
do nosso redentor

Não amarás

Amarras,
mãos
entre ramos
uvas, entre ramos
nas parreiras
brotaram nossas frutas
de véspera
sofremos com
podões que cortaram
nossos corações
nossa semeadura
de alma

27.11.2016

Retiro-me
das pedras
lá as noites
reagem
aos lobos
pelas manhãs
criam corvos

E na travessia
das tardes
caçam pato
e servem
chá de alecrim

Pequena fragata
envolta
de icebergs
que se alimentam
do seu mar

Nessa noite
de pouca lua
seu teto
será sempre
um chão de estrelas

Como pequenos
vagalumes
espelhos de luz
para essa porta
ainda entreaberta

Sou essa gaivota
em rodeios
anúncio
de uma terra
jamais vista.

27/02/2017

Os desajustados

Deixe aqui
nessa nevada
entre Mustangs
e cassinos
uma rua apenas
de corta-luz

enquanto
eu
submissa
como uma árvore
ando nas sombras

e tomo um whisky
para comemorar
o incêndio
de sua prisão

29/01/2017

Meu andarilho
que pontaria
fiz de tudo
para estar na festa
lá em nossa casa

Dei-lhe minhas chaves
de uma vida inteira

Ding-dong
soou a campainha
nem barulho fez
de tão nova
era aquela
maçaneta

Nesse fecho
desfecho

Aquele estampido
único
de rifles
quebrando
nossos ossos
como garrafas

15/01/2015

FENECENTES

Fiquei assim... pensar sobre a árvore:
como é interessante a sua preparação
para a morte,
o envelhecimento lhe traz
ao apogeu e ao declínio.
E isso é formidável, pois
é tão contra-natural partir jovem!

Somos árvores e espero envelhecer
para viver com naturalidade
a falta de meus galhos, folhas
e flores antes de partir
para essa viagem tão única
e solitária.

A ESTRELA GUIA

O afastamento mantém
ao contrário
do que pensam
mais vivo
aquilo que nos prometemos
assim como aquela estrela
dizem:
anos-luz de distância
e imperecível
em todas as noites
lança sua luz
entre nós duas
na rima de seus olhos
menina do anel
de lua e estrela.

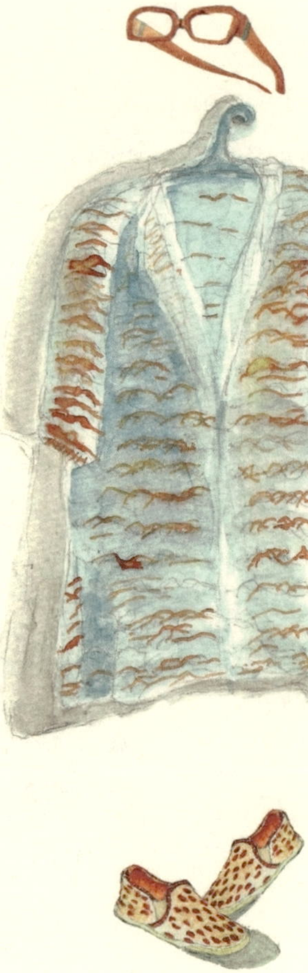

Epílogo

Se o avião partir e
não estiver com ele
irá se arrepender
talvez
não hoje
talvez
não amanhã
mas logo
e pelo resto da vida
mas e nós?
Sempre teremos Paris.

Cena final - *Casablanca**

*Filme dirigido por Michael Curtiz em 1942

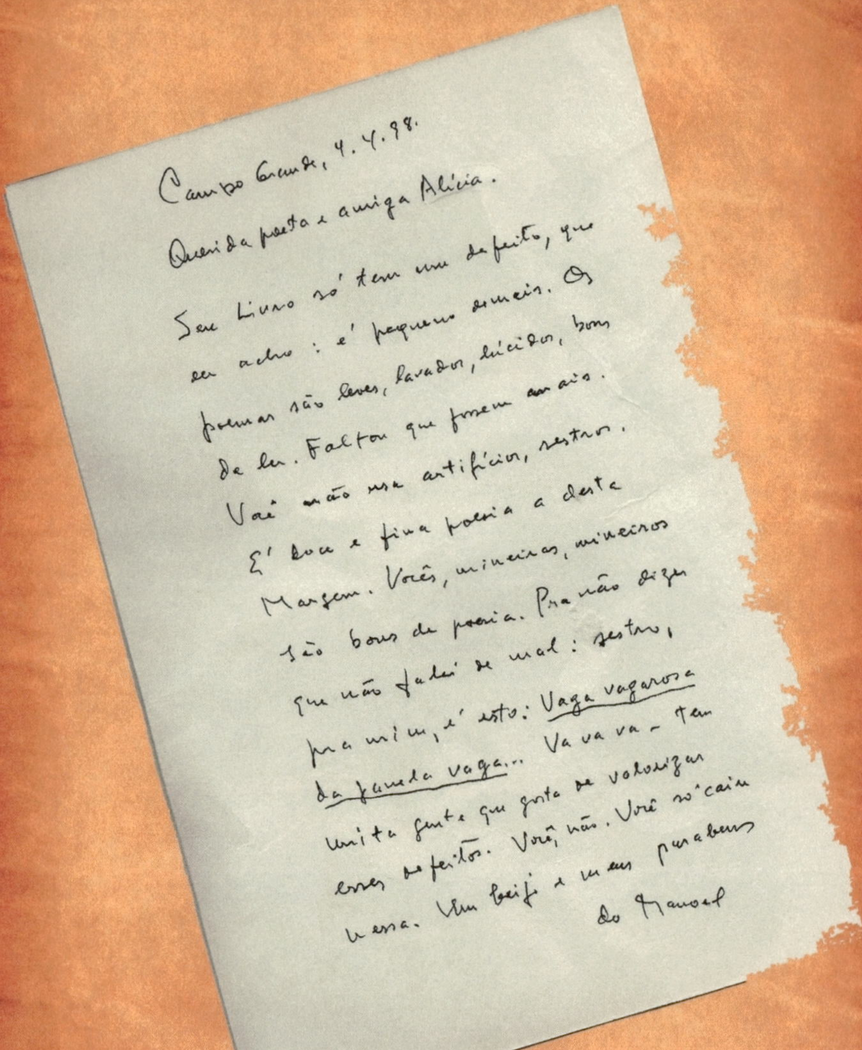

Campo Grande, 4.4.98.

Querida poeta e amiga Alícia.

Seu Livro só tem um defeito, que eu acho: é pequeno demais. Os poemas são leves, lavados, lúcidos, bons de ler. Faltou que fossem mais. Você não usa artifícios, sestros. É doce e fina poesia a desta Margem. Vocês, mineiras, mineiros são bons de poesia. Pra não dizer que não falei de mal: sestro, pra mim, é esto: <u>Vaga vagarosa da janela vaga</u>... Va va va – tem muita gente que gosta de valorizar esses defeitos. Você não. Você só caiu nessa. Um beijo e meus parabéns

do Manoel

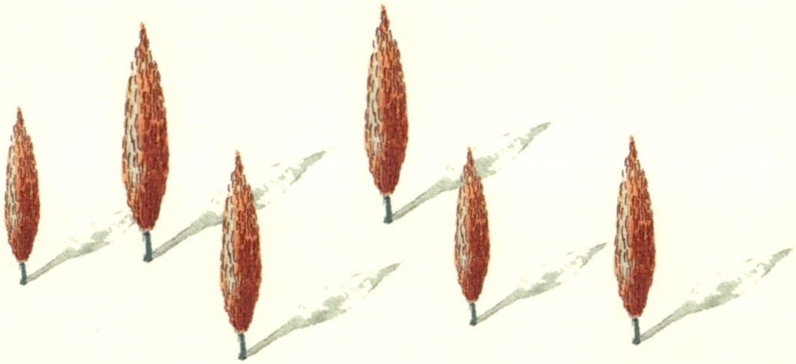

Meus sinceros agradecimentos aos meus irmãos João Cláudio Parreiras Barbosa e Maria Cinthia Parreiras Barbosa.

PRINTED WITH SOY INK

MISTO
Papel proveniente de fontes responsáveis
FSC® C092828
FSC www.fsc.org

Impresso na Gráfica Formato para a
Quixote+Do Editoras Associadas
em Papel Pólen Bold 90g. 1ª Edição, 2018.